Marguerite Duras
La Musica Zwei

Aus dem Französischen
von Simon Werle

Suhrkamp

Titel der Originalausgabe: *La Musica Deuxième*

edition suhrkamp 1408
Neue Folge Band 408
Erste Auflage 1989

Satz: Hümmer, Waldbüttelbrunn
Druck: Nomos Verlagsgesellschaft, Baden-Baden
Umschlagentwurf: Willy Fleckhaus
Printed in Germany

1 2 3 4 5 6 – 94 93 92 91 90 89

La Musica Zwei ersetzt nicht das im ersten Band der Theaterstücke der Autorin erschienene *La Musica*. *La Musica* bildet auch weiterhin für sich allein Gegenstand einer Aufführung. Hingegen ist es nicht möglich, lediglich Akt II von *La Musica Zwei* aufzuführen.

Personen

SIE, *Anne-Marie Roche:* fünfunddreißig oder älter. Von einer sehr sicheren, diskreten, fast strengen, aber sozusagen unfreiwilligen Eleganz. Sie sollte den Eindruck erwecken, daß diese Eleganz für sie etwas Gewohntes ist, daß sie jeden Tag so gekleidet ist.
Sie besitzt eine Kraft, die man ihr nicht auf Anhieb ansieht. Nicht etwa, weil sie damit hinter dem Berg hält. Sondern weil sie vor sich selbst verborgen ist durch eine Bilderbucherziehung, wie es sie jetzt nicht mehr gibt. Heute trifft man noch Frauen, die in dieser Weise geprägt sind von einer Erziehung, die zwar nicht sie selbst genossen haben, die aber bis in ihre Generation von Mutter zu Tochter weitergegeben wurde. Es handelt sich dabei im wesentlichen um ein Wissen über den Mann, ein Wissen, von dessen Besitz sie selber indessen nichts ahnen sollten. Um eine Art argloses und zugleich gefährliches Jesuitentum, das diese Frauen umgibt wie eine Zone des Schweigens.
Anne-Marie Roche sollte irgendwo zwischen diesen Frauen angesiedelt sein, zwischen Pascale Ogier, die mittlerweile nicht mehr am Leben ist, und der von mir selber ausgesuchten Mioune, die das Stück abends in Paris spielt. Sie hat die Geschichte überlebt, zwei Jahre nach dem Auszug aus Evreux ist sie noch da. Diskret sogar noch vor ihm, ohne etwas von ihrer Bilderbucherziehung eingebüßt zu haben, schamhaft sogar noch vor ihm, ihrem Geliebten. Nichts wird gezeigt, wie man es ihr

beigebracht hat, aber alles ist da, in den Myriaden kleiner glänzender Splitter der nicht wieder gutzumachenden Niederlage ihres Lebens. Alles ist sichtbar. An fast ungreifbaren Kleinigkeiten, einer Handbewegung, an einer Art und Weise, den Ellbogen aufzustützen, aufzustehen, sich hinzusetzen, von neuem aufzustehen, an niemals gleichen Gesten, eher mit Wörtern als mit der Stimme zu schreien, sich im Gefühl zu verlieren, den Eindruck zu erwecken, daß man sich wieder faßt, den Eindruck zu erwecken, daß man sich vielleicht irrt. Stets den Eindruck zu erwecken, man sei Gefangene einer Regel, die einen jeden Augenblick ins Unbekannte führt. Und daß dieses Unbekannte in eben der Sekunde, in der man daran stirbt, nicht zu wissen, was es ist, sich klärt.

ER, *Michel Nollet:* fünfunddreißig oder älter. Am ersten Tag im neuen Haus, als sie geheiratet haben, hat er davon gesprochen, wegzugehen. Und an jedem Tag, der danach kam, hat er davon gesprochen, wegzugehen. Eines Tages wollte er töten, er wollte sie töten, seine Liebe. Er macht Angst wie der Blitz, die Wahrheit, die Leidenschaft, während man ihn liebt wie das eigene Kind, den Bruder, den Geliebten. Er ist sehr schön, von einer Schönheit, die er ignorieren und zugleich genau kennen muß – so, wie er eine Waffe oder die eigene Geschichte kennen würde. Er ist kein Mann, der schwer kennenzulernen wäre, er ist ein Mann, den man nicht kennenlernen kann. Hinter ihm eine Kette dunkelhäutiger Männer. Das muß von Alexandria kommen oder von Babylon, von den Ufern des Sees Genezareth, das muß von dort unten herkommen. Er ist Michel Nollet: ein Pariser Name, der an die Stelle des vergessenen Namens tritt. Michel Nollet könnte Schauspieler sein, wenn er Lust dazu hätte, ein Gigant, erschütternd. Und wenn er keine Lust dazu hat, dann tut er weiß Gott was, dann schaut er sich auf den Straßen um. Man weiß nichts. Eines weiß man: er könnte Schauspieler sein. Er könnte Architekt sein. Er könnte Schriftsteller sein. Er könnte Jude sein. Das alles ist möglich. Er könnte nicht nicht das sein, was er in *La Musica* ist, nämlich derjenige, den sie kennt, dieser lebende Leichnam, deswegen, weil sie aus seinem Leben verschwinden wird. Er will sie, Anne-Marie Roche. Wenn die Welt als ganzes ihm nicht durch sie gegeben wird, dann wirft er sie weg, er überläßt sie den Hunden. Er hat nichts zu schaffen mit dem Glück, dem Geld, der Liebe, den Frauen, der Moral, der Philosophie. Er will nur sie, sie, die für sie beide weiß, wie der Mann von Lahore es für den anderen weiß, für A. M. S.: daß sie auf die Liebesgeschichte nicht angewiesen sind.

Ein Hotel in der Provinz, ein Grandhotel.
Die Bühne ist in ihrer ganzen Breite ein Teil der Halle dieses Hotels. Anders ausgedrückt, diese Hotelhalle ist der Ausschnitt eines Kreises, der auf dem ausgeführten Grundriß kongruent wäre mit der ganzen Fläche von Bühnen- und Zuschauerraum.
Die Zuschauer sind also in dem Hotel, in der Halle.
Die Raumaufteilung ist folgende: Der Hintergrund ist abgeschlossen durch grau-weiße Häuser, eine Straße. Dann kommt eine Drehtür – zum Schutz vor dem Wind der Nordseeküste. Zu beiden Seiten dieser Tür sind zwei Gänge, die schnurgerade auf etwas zuführen, was außerhalb des Blickfelds liegt, wohl auf eine Rezeption und eine Bar. Alle Lichter sind gelöscht, es ist neun Uhr abends, wir sind in der Provinz – bis auf zwei kleine goldene Rechtecke, zwei Vitrinen, in denen französische Parfüms oder Schals oder Schmuckgegenstände ausgestellt sind.
Nach diesem Eingang, diesen Fluren führen drei Stufen hinab auf die Bühnenebene. Beim Film würde man sagen, über diese drei Stufen läuft die Untersicht auf Tür und Außen.
Im Salon stehen zwei Bridgetische, viele Stühle, ein rotes Kanapee, ein Schreibpult: Stationen für die Bewegungen der Schauspieler.
Auf jeder Seite dieses Salons reflektieren zwei große bemalte Spiegel einen Kronleuchter, der im Bühnenbild unsichtbar ist. In der Mitte des Ganges hängt ein gelblich leuchtendes, etwas fahles Deckenlicht. Wenn am Ende des Stückes der Tag kommt, erlöschen dieses Deckenlicht und

die Vitrinen, während ein weißes Licht die Straße erhellt und wie ein Zug in der Ferne plötzlich Duke Ellington vorüberrauscht.
Auf einem der Bridgetische liegen Karten, stehen Gläser, eine Wasserkaraffe, Aschenbecher: hier waren Leute, vor denen von La Musica, *also wohl zu später Stunde, die Bar war wohl schon geschlossen, die Gläser sind stehengeblieben.*
Zwischen beiden Bridgetischen liegt eine ungefähr drei bis vier Meter breite freie Fläche. Ein Tisch steht näher zum Zuschauerraum als der andere. Zwischen den Tischen und den Stühlen ist die Zone, in der die Schauspieler sich am häufigsten bewegen.

Die Drehtür dreht sich, Michel Nollet kommt herein. Er geht zur Bar, man verliert ihn aus den Augen, er kommt wieder, er geht zur Rezeption, mit einem Schlüssel in der Hand kommt er zurück. Er geht hinunter in die Halle. Diskret, aber ganz deutlich behält er den Raum im Auge. Das Gesicht drückt Schmerz aus. Vielleicht schaut er auf die Uhr. Er muß telephonieren. Er geht zum Telephon und verlangt eine Nummer in Paris.

ER Ich möchte bitte eine Nummer in Paris. *Pause.* Littré 89.26. *Pause.* Legen Sie mir das Gespräch in den Salon. *Pause.* Für Zimmer 36. Vielen Dank.

Er setzt sich nicht wieder hin. Er wartet offensichtlich auf Anne-Marie Roche. Er schaut nicht auf den Eingang. Dort, wo er sich befindet, kann er nicht sehen, wann sie kommt.

Sie kommt. Er erstarrt, bevor wir sie gesehen haben, als habe er schon von der Straße ihren Schritt erkannt. Wie er verschwindet auch sie in Richtung Rezeption.
Mit einem Schlüssel und einem Telegramm in der Hand kommt sie zurück. Sie geht in den Salon an einen Tisch, sie öffnet ihr Telegramm und liest es.
In diesem Augenblick klingelt das Telephon. Sie schaut sich um und entdeckt, daß er da ist: mit dem Rücken zu ihr, ein Toter, der steht. Er dreht sich um. Sie schauen sich an. Und langsam geht er zum Telephon. Und ihrerseits wird sie wie eine Tote, die steht. So, in diesem scheinbaren Tod der beiden, klingelt das Telephon. Das Off ist sehr schwach. Kaum hörbar.

FRAUENSTIMME OFF Bist du's, Michel?
ER Ja ... wie geht's?
OFF Danke. *Pause.* Ist es vorbei?
ER Ja.

Stille.

OFF Und?
ER Nichts. *Pause.* Was soll ich dir sagen ... *Schwaches Lächeln.* Das ist, wie man so sagt, das Leben ... so ist es vermutlich immer ...
OFF *Pause.* Wie? ...
ER Sagen wir ... schwierig ... schmerzhaft ... *Lächeln; die üblichen Worte.*
OFF Kommst du morgen, Michel?
ER Ja. Elf Uhr zwanzig, Saint-Lazare.
OFF Ich warte auf dich am Hauptausgang. *Pause.* Wirst

du mir diese Geschichte in Evreux einmal erzählen?

In ihrer Stimme war Angst und Ungeduld.

ER Ich glaube nicht, aber wer weiß? Irgendwann vielleicht...

OFF Wo wohnt sie?

ER Ich weiß nicht, wo sie ist... bestimmt in einem Hotel... ich weiß nicht, in welchem...

OFF Zeigst du mir einmal, wo es war?

ER *lachend* Wenn du soviel Wert darauf legst... Bis morgen.

OFF Bis morgen.

Langsam legt er auf. Und dann dreht er sich um. Sie schauen sich an.

Er spricht sie an.

ER Ich wollte Ihnen sagen... wenn Sie mich brauchen...

Verkrampftes, sehr gezwungenes Lächeln.

ER *fährt fort*... wegen der eingelagerten Möbel... um den Transport kann ich mich kümmern... ich kann Ihnen die Schererei ersparen...

SIE Welche Möbel? *Sie erinnert sich.* Ach ja... danke, nein... *Pause.* Ich weiß noch nicht, was ich tun werde … ob ich sie behalte oder nicht … Vielen Dank …

Sie stehen da, die Worte sind ihnen ausgegangen. Sie macht vielleicht eine leichte Bewegung in Richtung der Korridore zu den Zimmern. Er spricht, er hält in seiner Bewegung inne: sie wird dableiben. Es wird das Stück geben.

ER *steht auf* Warum sollten wir nicht miteinander sprechen?
SIE Warum sollten wir?
ER Einfach so … wir haben sonst nichts zu tun.

Sie verzieht das Gesicht vor Ekel, Bitterkeit, Trauer.

SIE Es ist so endgültig aus … wie nichts anderes aus ist.
ER *nach einem Zögern* Wenn wir aber doch gestorben wären … der Tod nicht ausgenommen, was glauben Sie?

Er lächelt. Sie lächelt nicht.

SIE Ich weiß nicht … Aber vielleicht, ja, der Tod nicht ausgenommen.

Er steht nicht auf. Stille. Sie, die nicht reden wollte, redet, um die Verlegenheit zu brechen.

SIE Ich danke Ihnen für die Möbel. Ich habe es mir überlegt ... ich nehme sie nicht ... Sie wären mir eher lästig ... Aber wenn Sie sie wollen ... *Pause.* Wir müssen uns ja nicht an *Lächeln* die gerichtliche Güterteilung halten.

ER *Lachen.* Nein, nein danke ... *Er denkt an etwas anderes.* Nein, ich will nichts ...

Pause.

SIE Also was machen wir?

ER *denkt immer noch an etwas anderes* Ich weiß es nicht. Nichts. Wir lassen sie, wo sie sind ...

SIE *Lächeln.* Gut.

Stille.

ER Wollen Sie etwas trinken?

Sie bedeutet ihm: »Warum nicht?«
Er geht zur Rezeption, verschwindet einen kurzen Augenblick. Sie bleibt allein. Sie ist von dem Wiedersehen mit ihm wie zerschlagen. Er kommt zurück.

ER Ich glaube, alle schlafen schon, es tut mir leid ...

SIE *Lächeln.* Das macht nichts ...

Sie steht wieder auf. Sie wissen nicht mehr, wie sie einander begegnen sollen. Die inhaltliche Banalität ihrer Sätze muß ganz deutlich werden.

ER Haben Sie gesehen, wie die Stadt sich verändert hat, unglaublich?

Gekünstelte Lockerheit.

SIE In Richtung La Boissière gar nicht so.
ER Das stimmt ... vor allem im Norden wird viel gebaut, um den geplanten Flughafen ... nicht wahr?
SIE Ja ... gut, daß sie einen Flughafen bekommen. Dadurch wird alles anders.
ER Sind Sie ... noch einmal draußen in La Boissière gewesen?
SIE *überraschter Blick* Ja, doch, ich war da. Ich bin seitdem nie wieder hier gewesen ... *Lächeln.* Sie waren auch gerade dort, nicht?
ER *verwirrt, überrascht* Woher wissen Sie das?
SIE Es schien mir so, als sähe ich Sie oben vom Berg, als ich ankam, aber ich war mir nicht sicher ...
ER *schaut von ihr weg* Ja, ich bin an dem Haus vorbeigegangen. *Verlegene Pause.* Sagen Sie, war das Haus nicht an viel ältere Leute verkauft worden, oder täusche ich mich?
SIE Nein ... es hat inzwischen wohl den Besitzer gewechselt ... die beiden Leute, die da beim Abendessen saßen, kannte ich nicht ...
ER *Lächeln.* Ja ... es ist schon ein komisches Gefühl ... das Eßzimmer ist noch, wo es war ... sogar der Fernseher ...
SIE *nimmt den Faden auf* Sie haben nicht miteinander gesprochen, nicht ein Wort ... komisch ... wirklich ...

Stille.

ER Sie haben das Haus zu Ende gebaut, das ich angefangen hatte ... erinnern Sie sich? Hinter den Tennisplätzen?

SIE Nicht ganz ... Ah! Ja, ich weiß schon ... macht es sich gut?

ER Ja ... es sieht so aus, als hätten sie sich an meine Pläne gehalten.

Worüber miteinander reden? Er setzt ein letztes Mal an, das Schweigen zu füllen.

ER Ich hätte ab und zu einen Blick auf den Bau werfen sollen ... ich habe es nicht getan ... Aber es ist nicht schlecht geworden.

Stille.

SIE Und mit Ihrer Arbeit läuft es immer noch gut?

ER Ja, nicht schlecht. Ich bin zur Zeit an zwei interessanten Aufträgen.

SIE Finden Sie sie immer noch so spannend?

Lächeln. – Sie muß auf diese Arbeit einmal eifersüchtig gewesen sein.

ER *Lächeln.* Immer noch, ja.

SIE Um so besser.

ER Danke. *Pause.* Nehmen Sie morgen den Zug um neun Uhr dreizehn?

SIE *zögert* Nein. Ich werde abgeholt.

Stille.

ER Stellen Sie sich vor ... ich weiß nicht einmal, wo Sie wohnen ... neulich hat mich jemand gefragt, was Sie so machen, und ich konnte keine Antwort geben.

SIE Oh, im Augenblick nirgends so richtig ... Mal hier, mal da ... Vor allem im Norden ...

ER Im Norden, aha ...

SIE Ja ... es hat sich so ergeben ... es ist mir übrigens nicht unlieb.

ER *Ein schon zärtliches Lächeln.* Sie mögen den Süden immer noch nicht?

SIE Nein, immer noch nicht.

Stille. Sie nehmen andere Plätze ein. Ihr Reden nimmt eine andere Richtung.

ER Seit drei Jahren weiß ich nichts von Ihnen.

SIE Ich höre ab und zu von Valérie, was Sie machen ...

ER *zuckt leicht zusammen* Sehen Sie sie wieder?

SIE Ja ... ich habe inzwischen eine ganz andere Meinung von ihr ... man kann Partei für jemanden ergreifen, ohne deswegen ... ungerecht zu sein ... das beweist gar nichts ... man ist vielleicht ganz einfach unter ... unter seinem Einfluß, ohne daß man sich dessen bewußt ist ... *Pause.* Manchmal sehe ich auch die Tourniers. *Pause.* Das ist, glaube ich, alles.

Anspielungen auf eine gemeinsame Vergangenheit, die weder erläutert noch im folgenden aufgegriffen werden.

ER *wagt sich vor* Ich dachte, Sie würden nicht alleine kommen... Sie wären in Begleitung.

SIE *Handbewegung* Nein, wissen Sie... *Pause.* Sie sind auch allein gekommen...

ER Ja... ich dachte, es lohnt sich nicht...

SIE Ja, genau...

Sie gibt zu verstehen, daß es bei ihr genauso war. Sie lächeln fast unmerklich. Erste Blicke, ungeheure Verlegenheit. Aber die Neugier ist stärker als die Verlegenheit.
Stille.

ER ...der Tod nicht ausgenommen, das glauben Sie wirklich?

Sehr verhaltener Dialog. Sie gibt keine Antwort.

ER Sie haben gesagt, nichts sei so aus wie das... der Tod nicht ausgenommen.

SIE Ich habe Ihnen gesagt, ich weiß es nicht.

Stille.

ER *plötzlich hart* Wissen Sie, als Sie aus Paris zurückgekommen sind... da habe ich auf dem Bahnsteig auf Sie gewartet...

Sie schaut ihn an. Er senkt den Blick, hört auf zu lachen, redet nicht weiter. Sie steht von ihrem Sessel auf, geht ein paar Schritte durch den Raum. Es überrascht ihn nicht, daß sie unruhig wird, daß sie nicht still sitzen kann. Während sie steht, wagt er sich noch weiter vor.

ER *hart, aber höflich* Sie wollen wieder heiraten?
SIE *ebenfalls hart* Was war auf dem Bahnsteig?

Stille. Er zögert, sagt nichts. Sie insistiert nicht. So etwas wie die alte Grausamkeit huscht durch den Raum.

SIE Ich heirate im August.
ER In drei Monaten ...
SIE Ja, nach Ablauf der gesetzlichen Frist ... dumm, diese Frist, aber was will man machen!
ER Ja.
SIE *schleudert es ihm – aber immer noch mit derselben Wohlerzogenheit – ins Gesicht* Danach fahren wir weg. Wir ziehen nach Amerika. *Pause.* Ich möchte ... in Ruhe leben ... ich weiß, es ist ein bißchen spät, selbst um in Ruhe zu leben ... Ich muß mich beeilen, um die verlorene Zeit aufzuholen ...

Lächeln, von neuem die Höflichkeit.

ER Glauben Sie jetzt, daß man manchmal die Zeit nicht verlieren kann?
SIE Es ist eine Redensart ... Ich habe darüber nie eine Meinung gehabt ... Nie, wirklich.

Stille.

SIE Und Sie, was werden Sie tun?

ER Mehr oder minder dasselbe wie Sie, nur daß ich wegen meiner Arbeit in Frankreich bleiben muß.

SIE Werden Sie wieder heiraten?

ER Ich weiß es nicht.

Er schaut sie an von Kopf bis Fuß. Sie sieht ihn nicht.

ER *fast unwillkürlich* Sie haben sich nicht verändert.

Sie dreht sich um.

SIE Ich weiß, ich bin älter geworden …

ER Ich meinte nicht im Gesicht.

Aufgewühltheit.

ER Im Gesicht, ja, im Gesicht haben Sie sich ein bißchen verändert.

SIE Wie?

ER Ich glaube, vor allem der Blick … Sie hatten einen … einen sehr sanften Blick, und gleich … gleich wenn man Sie sah, wußte man im voraus ungefähr … was Sie sagen würden.

SIE *starr* Das muß langweilig gewesen sein … daß man alles so im voraus weiß.

Gekünsteltes Lachen.

ER Zum Schluß. In den letzten Monaten. Ja, es war sehr, sehr langweilig.

Pause.

SIE Es ist spät.

Er hat es vielleicht nicht gehört.

ER Ah! ... es ist unglaublich, daß man so reden kann ...

Er geht auf sie zu, bleibt stehen.

ER Erinnern Sie sich noch an die letzten Monate?
SIE Die Hölle.
ER Ja, die Hölle.

Sie schließt die Augen, wischt das Bild mit der Hand beiseite.

SIE So sehr, daß es so etwas nur einmal pro Leben geben kann, glauben Sie nicht?
ER Was?

Die Antwort müßte sein: »Eine solche Liebe.«

SIE Eine solche Hölle.
ER Ich glaube ja, *Pause*, denn sonst ...

Rückfall in die Aufgewühltheit, aber diesmal versucht keiner der beiden, sie abzuschütteln.

ER Denn sonst ist die Erfahrung ... dieses scheußliche Ding, zu nichts nütze ...

SIE Nein ... das ist es nicht ... ich glaube, Sie täuschen sich ... Wenn es noch einmal vorkommt ... ich habe seither natürlich schon darüber nachgedacht ..., dann vielleicht deswegen, weil wir keinen anderen Weg gefunden haben, um ... *Sie sucht nach Worten.*

ER *findet sie* ... um herauszukommen aus ... aus dem Trott, zum Beispiel?

SIE *mit gesenktem Blick* Ich glaube ja. *Pause.* Glauben Sie nicht?

ER Vielleicht glaube ich es.

Stille. Die Erinnerungen strömen immer genauer.

SIE *versucht, sich zu erinnern* Wie lange sind wir in diesem Hotel geblieben, bevor wir eingezogen sind? Ich weiß nicht mehr, wie lange am Haus gearbeitet wurde ... drei Monate? Sechs Monate?

ER *sucht* Eher drei, glaube ich ...

In diesem Hotel hat sich die aufregendste Zeit ihrer Geschichte abgespielt. Sie verfallen in völliges Schweigen.

SIE Es ist schon komisch, finden Sie nicht, daß man sich so schlecht erinnert?

ER Manche ... Augenblicke scheinen deutlicher als andere ... aber ich glaube, daß das, was hinter diesen Augenblicken ist, genauso zur Erinnerung gehört ... man ist sich nicht immer darüber klar.

SIE *sehr direkt, aber es ist, als spräche sie über die Erinnerung im allgemeinen und nicht über ihre* Und andere Augenblicke liegen in ganz klarem Licht.

ER *genauso* Die Hölle, zum Beispiel?
SIE Ja, zum Beispiel...
ER Das Ende des Tunnels?... Manche... Aussöhnungen...
SIE Ja.

Sie versucht wohl, der Aufgewühltheit durch ein allgemeines Thema Herr zu werden.

SIE Wissen Sie, wenn jede Geschichte ihr eigenes Gesetz hat...und das glaube ich...wenn jedes...Paar seine ureigene Art hat... ich glaube an so etwas... dann hätten wir nicht in dieses Haus ziehen... uns so einrichten dürfen, wir hätten lieber... hierbleiben sollen, in diesem Hotel.
ER *nimmt den Faden auf* So im Hotel leben... von einem Hotel ins andere ziehen... wie Leute, die sich verstecken?... wie ein...
SIE Ja, vielleicht.

Stille. Stumme Explosion. »Wie ein Liebespaar« hatte er sagen wollen.

SIE Glauben Sie nicht?
ER Doch... aber wir hatten keinen Grund, es nicht genauso zu machen wie die andern auch. Wir waren jung, alle waren mit unserer Heirat einverstanden... Alle waren zufrieden, Ihre Familie, meine Familie, alle, ja... wir hatten alles, was man braucht *Er lacht.* ... ein Haus, Möbel... Ihren Pelzmantel...

Sie lacht mit.

SIE Stimmt, wir haben es genauso gemacht wie alle andern.

ER Aber wir waren genauso wie alle andern ... es gab offensichtlich keinen Grund, es anders zu machen als allgemein üblich ...

SIE So gesehen sind wir also am selben Punkt angelangt ...

ER Das fragen Sie mich?

SIE Vielleicht.

ER *nach einer Pause* Ich glaube in der Tat, daß wir an denselben Punkt gelangt sind wie die andern. Manchmal kommt es zur Scheidung, aber das wäre vielleicht ein unwesentlicher Unterschied ...

SIE Es wäre also später genauso passiert ...

Er gibt keine Antwort.

SIE Glauben Sie nicht?

ER Was wäre passiert?

SIE Das ... Ende ... Glauben Sie nicht?

ER Wie soll man's wissen, wir ... wir haben es ja nicht versucht ...

SIE Doch, ein bißchen kann man es schon wissen. *Pause.* Außerdem, was liegt schon daran, ob etwas kürzer oder länger dauert ... wenn es eines Tages sowieso zu Ende ist ... das ist doch der Punkt ...

ER Aber dann *Er lächelt.* ... kann alles so und so sein ...

SIE Ja, sicher. Aber auch das ...

Sie schweigen. Sie sagt leise:

SIE Wie dumm...

ER Was?

SIE *fängt sich wieder* Das alles... Entschuldigen Sie, es ist mir herausgerutscht...

ER ... Sie fangen wieder an. Ich fange wieder an.

Sie macht unwillkürlich eine Bewegung.

SIE Ja... aber...

ER *fährt fort*... wir wissen jetzt, daß das Ende unausweichlich ist?

Sie gibt keine Antwort.

ER Ist es so?

SIE Ja *Pause.* und nein. Wir wissen, daß ein ganz bestimmtes Ende unausweichlich ist.

ER *mit Überwindung* Das Ende?

SIE Ja. Das einzige... aber wir wissen auch, daß man darauf verzichten kann, es lauthals zu verkünden, auf... *Leises Lachen* den dritten Akt.

ER Wissen Sie, wir waren sehr, sehr jung.

SIE Das stimmt. Jetzt wollen wir nicht mehr soviel Umstände, wir wollen nicht mehr soviel Sorgen, wir...

ER *fällt ihr ins Wort* Wir haben anderes zu tun?

SIE Ganz sicher.

ER Was?

SIE *lacht* Nichts. Aber ganz sicher anders. *Pause.* Wir

sind vor nichts zurückgeschreckt ... wegen eines Ja, wegen eines Nein haben wir uns schlaflose Nächte geleistet, Szenen ... Szenen ... Dramen ...

Lachen.

ER Mord.

Sie zögert und bekennt.

SIE Und noch anderes ...

Anspielung auf einen Selbstmordversuch.
Er ist sprachlos. Sie wollte sterben; das erfährt er jetzt.

ER Was?
SIE Ja. *Sie lacht.* Ja, ja ...
ER Wann?
SIE *schaut ihn an.* Als Sie die Scheidung eingereicht haben. Aber es war nicht ernst, denn ... ich bin ja da ... es war sicher nur eine ganz gewöhnliche Erpressung.

Er steht vor dieser plötzlichen Eröffnung wie angewurzelt.

ER *flüsternd* Ich habe nichts davon gewußt.
SIE *leise* Sie konnten es nicht wissen. Es ist unlogisch, ich weiß, aber ich hatte darum gebeten, daß man Ihnen nichts sagt.
ER *unwillkürlich* Furchtbar ...

SIE *lächelnd* Ach woher ... Das heißt gar nichts. Dummheiten, wie alle sie machen. *Pause, er sagt nichts.* Warum mußte ich Ihnen das sagen ...

Er steht unvermittelt auf. Sie bekommt Angst.

ER Es tut mir leid ...

Sie wendet sich ab und entfernt sich. Er geht ebenfalls in einen dunklen Winkel der Kulissen und des Raumes. Lastendes, eine ganze Minute andauerndes Schweigen. Blicke. Dann kommt sie auf ihn zu.

SIE *sanft* Komm ins Licht.

Es handelt sich um das Bühnenlicht.
Er folgt ihr bis in die – helle – Mittelzone der Bühne. Sie versucht, von etwas anderem zu sprechen, und gleichzeitig streckt sie die Fühler aus.

SIE Valérie hat mir erzählt ... von ihr. Sie ist ... sehr jung, nicht wahr?

ER Ja.

SIE *geistesabwesend* Er ist jemand, den Sie nicht kennen ... Sie sind ihm nie begegnet.

ER Und Sie lieben ihn?

SIE *direkte, kategorische, verdächtige Antwort* Ja. *Pause.* Es ist gut. Es ist gut so ...

ER Komisch, die anderen Leute ...

SIE Ja ... es ist komisch ...

Sie schweigen. Es wird immer später. Erinnerungen, Erinnerungen...

SIE *mühsam, stockend* Zeit zum Schlafengehen. Sie warten, daß sie das Licht ausmachen können.

ER Sollen sie warten...

Langes Schweigen.

SIE Es hat keinen Sinn, so zu reden, es ist Zeit zum Schlafengehen.

ER *Zum erstenmal nennt er sie bei ihrem Namen.* Anne-Marie... es ist das letzte Mal in unserem Leben...

Sie gibt keine Antwort, bleibt sitzen.
Sie bleiben lange so, ohne sich etwas zu sagen. Der Übergang ist hart, aber er ist nicht plötzlich. Auf einmal fängt Anne-Marie an zu erzählen.

SIE *leicht provozierend* Er war ein ganz anderer Mann als Sie. Vor allem das, ganz anders. Auf der einen Seite waren Sie, ganz allein, auf der anderen Seite waren all die Männer, die ich niemals kennenlernen würde. *Pause.* Ich glaube, Sie müssen mich voll und ganz verstehen. *Pause.* Nicht?

ER Ja.

SIE Ich war mir sicher. *Pause.* Ich glaube, in dem Augenblick... waren wir quitt.

ER *unumwunden* Ja, das waren wir, das stimmt... *Pause.* Es ist komisch, wenn man zwei Jahre später die Wahrheit hört.

SIE Es ist interessant.
ER Ich habe nie erfahren, was geschehen ist, als Sie nach Paris gefahren sind ... Was Sie mir damals darüber erzählt haben, war, vermute ich, nicht wahr ...
SIE Sie hätten die Wahrheit nicht ausgehalten. Jetzt, aus der Distanz, sind Sie vielleicht anderer Ansicht, aber Sie hätten sie nicht ausgehalten.
ER Ich habe nichts ausgehalten.
SIE Fast nichts. *Pause.* Nichts.

Pause.

ER *mit Überwindung* Wie ist es passiert?
SIE Oh ... warum darüber reden ... ausgerechnet ...
ER Warum sollen wir uns jetzt die Wahrheit vorenthalten?
SIE *Sie muß erst überlegen.* Ich habe ihn im Bus kennengelernt. *Pause – fast sagt sie es auf.* Dann hat er vor dem Hotel auf mich gewartet ... einmal, zweimal, das dritte Mal hat er mir Angst gemacht, es war spät, immer vor dem Hotel, um ein Uhr nachts und ... das war es.

Pause.

SIE Ich kam aus einem Nachtlokal in Saint-Germain-des Prés. *Pause.* Aber auch das haben Sie nicht gewußt, nicht wahr?
ER Nein.
SIE Ich war manchmal tanzen ... Sie sind nie tanzen gegangen ... das hat mir gefehlt, ich habe geglaubt, es fehlt mir sehr.

ER Wenn ich mit tanzen gegangen wäre, wäre es genau dasselbe gewesen.

SIE Bestimmt. *Stille.* Wissen Sie, es ist ganz furchtbar, zum ersten Mal untreu zu sein ... es ist ... grauenhaft. *Pause.* Es ist wahr ... das erste Mal, selbst ein ... Abenteuer ... es ist grauenhaft ... Es ist völlig falsch, wenn es heißt, das zählt nicht.

Er schweigt.

SIE *fährt fort* Ich glaube nicht, daß für einen Mann die Untreue jemals so ... schwerwiegend ist ...

ER Sind Sie seinetwegen länger geblieben?

SIE Ja.

ER *gequält* Wollten Sie, daß das passiert, oder ist es Ihnen passiert, ohne daß Sie es wollten?

SIE Ich habe es gewollt. Ich war verzweifelt ... Ich habe es getan, weil ich die ersten Augenblicke wieder erleben wollte ... das erste Mal. Das ist alles. Wie Sie, als Sie diese ersten Augenblicke wieder erleben wollten ... die nichts ersetzen kann ... *Pause.* Aber wissen Sie, daß man an solchen Abenteuern Geschmack findet, das kommt von jemandem ...

ER Mir ist es lieber, daß Sie es gewollt haben ... das andere ist mir egal. *Langsam, mit Überwindung.* Haben Sie diese ersten Augenblicke wiedererlebt?

SIE Man erlebt sie immer wieder, sogar ... beim schlimmsten ... sogar eine Stunde ... das wissen Sie wie ich ... das war es, warum ich nicht zurückkommen wollte ... wegen nichts anderem.

Stille. – Er sucht noch weiter zurück, noch vor der Geschichte in Paris.

ER Eines Nachmittags, ein paar Monate vor dieser Reise, habe ich ... habe ich ... Sie wissen es nicht ... habe ich Sie in der Straße drüben *er zeigt sie* vorbeigehen sehen, und ich bin Ihnen gefolgt ... Es war Nachmittag. Ich war vom Büro unterwegs zur Baustelle, ich habe gesehen, wie Sie in ein Kino gegangen sind ...

SIE Ah! Ja ...

ER *lacht mit* Ich bin Ihnen nach. Ich bin in das Kino gegangen. Es lief ein Western, den Sie schon einmal mit mir gesehen hatten ... Sie waren allein. Sie saßen in einer der ersten Reihen ... niemand hat sich zu Ihnen gesetzt ... Abends haben Sie mir davon nichts erzählt ... und ich habe Sie nicht danach gefragt ... Es war im Frühling vor drei Jahren ... Sie waren schon manchmal traurig ... Am Tag danach habe ich Sie nach dem Mittagessen gefragt, ob Sie ausgehen müßten. Sie haben mir geantwortet, nein, und Sie sind ausgegangen. Ich bin Ihnen wieder nach. Sie sind zum Pferderennen gegangen, wieder waren Sie allein. Ich hatte so etwas nicht vermutet ... *Pause.* Es fing an, mir wehzutun, ein Schmerz, wie ich ihn noch nie gekannt hatte.

Stille. – Sie erinnert sich.

SIE So was habe ich gemacht.

ER Und machen Sie immer noch?

SIE *lacht* Ja.

ER Und ohne etwas davon zu erzählen?

SIE Ja.

ER Eine Woche lang habe ich Sie jeden Tag beschatten lassen.

SIE Sie haben niemanden entdeckt?

ER Nein, niemanden. Aber gelitten habe ich trotzdem.

Pause.

ER *spricht weiter* Es war schrecklich. Ich war eifersüchtig auf Sie selbst ... Daß Sie so für sich waren. Einmal bin ich Ihnen mit dem Auto nachgefahren. Wieder waren Sie allein. Sie waren wunderschön, allein, in Ihrem Auto. Sie sind schnell gefahren ... Sie sind zwanzig Kilometer weit gefahren. Sie haben an einem Wald angehalten. Sie sind in den Wald hineingegangen. Ich habe Sie nicht mehr gesehen. Ich habe gezögert, fast wäre ich zu Ihnen hingegangen und dann ... dann bin ich weg. Das ist eine der ganz klaren Erinnerungen, von denen wir eben gesprochen haben.

SIE Aber das heißt gar nichts, überhaupt nichts, das ist für mich ein Zeitvertreib. *Pause.* Ich habe diese Spazierfahrt vergessen *Pause*, aber Sie hätten zu mir hingehen sollen ...

ER Ich hatte Angst ... ich dachte, Sie wären lieber allein.

SIE Manchmal, ja, manchmal schon.

ER Verteidigen Sie sich nicht.

SIE Ich verteidige mich nicht.
ER Niemand verlangt es ... Nein, ich war nur noch ein bißchen neugierig ... das ist alles ...
SIE *fast wie »vorher«* Aber wissen Sie, Sie sind komisch. Warum sollte man so etwas denn nicht machen?
ER Natürlich. Aber warum es verschweigen?
SIE Weil es sich nicht lohnt.
ER Das stimmt nicht.
SIE *hart, direkt* Ich habe nie einen Sinn darin gesehen, so etwas zu sagen, es ist immerhin ungewöhnlich ...
ER *läßt nicht locker* Man kann abends sagen: heute nachmittag war ich im Kino.

Sie überlegt.

SIE Nein. Wissen Sie, so etwas tut man nicht am Anfang einer Geschichte ... wenn man doch damit anfängt, dann sagt man es besser nicht ... es gäbe Mißverständnisse ...
ER Mißverständnisse ...
SIE Manche weinen nachmittags, weil die Liebe öde geworden ist ... Ich gehe zum Pferderennen.

Stille.

SIE *sehr leise* Ich will gehen.

Er gibt keine Antwort.
Die Sehnsucht ist wieder zurückgekehrt.
Er steht auf, als sei er entschlossen, es dabei bewenden zu lassen.

Er geht langsam zur Rezeption. Sie bleibt sitzen.

ER *dreht sich um* Ihre Zimmernummer?
SIE Achtundzwanzig.

Sie steht jetzt auch auf. Er kommt zurück. Sie stehen einander gegenüber. Er reicht ihr den Schlüssel. Sie nimmt den Schlüssel nicht. Er legt ihn auf den Tisch. Er sagt leise, gekünstelt:

ER Wie dumm, Sie werden morgen sehr müde sein. *Pause.* Es macht Ihnen viel aus, wenn Sie nachts nicht geschlafen haben. Um wieviel Uhr werden Sie abgeholt?
SIE Ich weiß nicht genau, vor neun.

Sie stehen sich gegenüber. Pause.

SIE *hart* Was war auf dem Bahnsteig?
ER Auf dem Bahnsteig wollte ich Sie umbringen. Ich hatte eine Waffe gekauft, ich habe gewartet, bis Sie aus dem Zug steigen, um Sie umzubringen.
SIE Solche Fälle enden gewöhnlich mit Freispruch, das haben Sie gewußt.
ER Sagen wir, es war mir nicht unbekannt.

Stille. Wut. Verzweiflung. Sie stehen reglos, starr.

SIE Warum haben Sie es nicht getan?
ER Ich weiß nicht mehr.
SIE Sie lügen.

ER Nein. Ich habe es vergessen.

SIE *drängend* Erinnern Sie sich. In der Nacht sind Sie aus dem Haus.

ER Warten Sie ... ah ja, ich bin bis Cabourg gefahren. Dort habe ich den Revolver ins Meer geworfen. Ich dachte, einen Revolver wirft man ins Meer *er lacht*, ich hatte das irgendwo gelesen.

SIE *unerbittlich* Den Mord auch?

ER Ja, den Mord auch.

SIE *gesteht* Ich auch, Ehebruch in Paris, auch das hatte ich gelesen.

ER Soviel Angelesenes ...

SIE Ja.

Stille. Sie fragt übertrieben aggressiv.

SIE Also was passiert jetzt mit den Möbeln?

ER Nichts.

SIE Nichts, das heißt nichts.

ER Das stimmt ... ich weiß nicht ...

Sie denken offensichtlich nicht an das, was sie sagen.

ER Wollten Sie, daß Ihnen das passiert, oder ist Ihnen das zufällig passiert?

SIE *zunächst verblüfft* Das haben Sie mich schon einmal gefragt.

Er gibt keine Antwort.

SIE *schließlich* Ich habe es nicht gewollt.

ER Und verzweifelt, verzweifelt waren Sie.

SIE Der Reiz des Neuen war stärker als die Verzweiflung.

ER *lange Pause* Eines Sonntagnachmittags, Sie waren nicht da, ich weiß nicht mehr, wo Sie waren ... ich war in der Stadt spazieren und habe ein Mädchen getroffen, eine Ausländerin, auf der Durchreise ... Wir sind ins Hotel gegangen. *Pause.* Es war wunderschön. Ich habe dieses Mädchen nicht geliebt, ich habe es nie wiedergesehen. Es war wunderschön. Unkompliziert.

SIE War es nötig?

ER Nein, warum? Es war wunderbar, aber es war nicht nötig. Geliebt habe ich Sie.

Sie geht von ihm weg.

SIE Wollen Sie sonst noch etwas von mir wissen?

Plötzlich klingelt in dem menschenleeren Hotel das Telephon.
Das Gespräch wird ins Foyer gelegt.
Sie rühren sich nicht.
Sie warten, bis das Klingeln des Telephons aufhört. Es hört auf.

ER Sie haben mich gefragt, ob ich sonst noch etwas von Ihnen wissen wollte?

SIE Also ... ja ...

ER *aggressiv* Ich habe Ihre Untreue nicht ertragen, wo ich doch selber untreu war. Haben Sie das gewußt?

SIE Ja. Valérie hat mir von Ihren Abenteuern erzählt.
ER *aggressiv* Fanden Sie das nicht ungerecht von mir?
SIE Nein, ungerecht nicht.
ER Was dann?
SIE Anders. Schwierig am Anfang und dann immer leichter ... erklärlich ... Ich konnte es Ihnen nicht sagen, Sie hätten es nicht akzeptiert.
ER *Ist dies das eigentliche Geständnis?* Wissen Sie ... ich kann den Gedanken nicht ertragen, daß Sie es nicht gewollt haben.

Sie gibt keine Antwort. Stille.

ER Hören Sie?
SIE Ja.
ER Deswegen bin ich hier, um Sie zu fragen, wie es war. *Er lacht.*
SIE Es war genauso.
ER Wunderbar.
SIE Ja. Denken Sie daran zurück. Genauso war es. Denken Sie daran zurück, wie es mit der jungen Ausländerin war, denken Sie genau an alles zurück. Genauso war es.
ER *langsam* Das ist unmöglich.
SIE Was?
ER Das zu akzeptieren.
SIE *nicht ohne Perfidie* War es denn so wunderbar? Wirklich?
ER Ja. *Pause.* Verstehen Sie?
SIE Nein.
ER Tut Ihnen etwas leid?

SIE Nein. *Pause.* Wenn Sie sagen, Sie sind gekommen, um mich zu fragen, wie es war, dann lügen Sie.

ER Das heißt ... nicht ganz ... ich bin auch gekommen, um Sie wiederzusehen, aber ich habe gewußt, daß es sinnlos wäre.

SIE Ja, das stimmt.

ER Ich könnte mich Ihnen nicht einmal nähern, ohne daß es mir wehtut.

Pause.

SIE Was kann man tun, damit diese ... Erinnerung nicht mehr so wehtut? ...

ER Nichts mehr, glaube ich. Nichts hätte mir geholfen, außer Sie umzubringen, insofern ...

Sie schauen sich an.

SIE Jetzt, wo die Scheidung ausgesprochen ist, würden Sie bestraft werden.

ER Ich weiß. *Er lacht.* Und selbst wenn ich Sie umbringen möchte, sterben will ich deswegen noch lange nicht.

Er geht auf sie zu. Sie weicht zurück.

SIE Hören Sie, wir haben noch ein bißchen Zeit ...

SIE *sehr leise, sie täuscht sich über seine Absicht* Eine Stunde.

ER Hören Sie ... wollen Sie mir nicht alles sagen, was passiert ist? Alles.

SIE Sie bitten mich, Ihnen das Glück zu erzählen?
ER Ja.
SIE Nein. Sie täuschen sich. Sie haben diese junge Ausländerin vergessen, wie soll ich mich dann an das erinnern, was in Paris war?
ER Sie glauben, ich habe es vergessen?
SIE *Sie spricht für beide.* Ja.

Schweigen.

SIE *sehr mühsam, aber mit innerer Freude* Es lohnt nicht, daß wir zusammen sind ... daß wir zusammen sind oder daß wir ab jetzt getrennt sind ... es lohnt sich nicht, den andern wehzutun.
ER Fahr nicht nach Amerika.

Sie gibt keine Antwort.

ER *in Panik* Fahr nicht. Fahr nicht ... Oder ich ziehe dorthin, wo Ihr seid, hörst du? Ich pfeife auf meine Arbeit ... Ich ziehe in die Stadt, wo du bist, ich vergälle euch das Leben ... bis ...
SIE *fällt ihm ins Wort* ... die Hölle wieder anfängt?

Er kommt auf sie zu. Ist hinter ihr.

ER *geschrien* Die Hölle ist mir scheißegal. *Pause.* Dir auch. *Pause.* Die Hölle ist dir scheißegal. *Pause, er bettelt.* Bleib in Frankreich. Daß wir uns wenigstens treffen können, und sei es nur zufällig ... daß es wenigstens nicht unmöglich ist. Daß wir wenigstens in demselben Land sind ... sonst ... halten wir es nicht aus.

Sie gibt keine Antwort.

ER *leise, sehr schnell verzweifelt* Ich werde mich mit dir verabreden, weit weg, in der Provinz, niemand wird es erfahren ... niemals.

Beide empfinden sie eine große Wut gegen die »Umstände«.

SIE Nein. *Sie schüttelt den Kopf.* Es wollen, es absichtlich dazu kommen lassen, nein ... Wenn wir uns noch einmal treffen sollten, dann zufällig, wie bei dem Mädchen und dem Mann. Nicht anders, nie wieder anders als zufällig ...

ER Ich kann dich nicht verlassen.

SIE Wir sind getrennt ...

ER Wenn wir sterben ...

SIE Selbst dann. Nichts machen. Es erfinden.

Hier ist der Übergang von La Musica *zu* La Musica Zwei.
Es ist keine Pause. Es ist sozusagen ein Intermezzo ohne jedes Spiel.
Es soll ablaufen wie folgt:
Nach ihrem letzten Dialog bleiben die Schauspieler zwei, drei Sekunden an Ort und Stelle, bis die Musik kommt – die Musik Duke Ellingtons. Da hören die Schauspieler mit einem Mal zu spielen auf und trennen sich.
Das Licht wird dunkler.

Die Schauspieler gehen an verschiedene Plätze der Bühne.
Er setzt sich in einen fernen Winkel der Kulisse, der bei seinem Kommen schwach angeleuchtet wird.
Sie sitzt in der Mitte der Kulisse an einem der Tische. Auf den Tischen: Gläser, Wasserkaraffen, Zigaretten.
Das Licht wird sehr viel schwächer, es entsteht ein Halbdunkel. Die Schauspieler rauchen. In dem Halbdunkel füllt der Zigarettenrauch den Bühnenraum.
Die Schauspieler ruhen sich vor dem Publikum gründlich aus.
Diese Ruhepause ist ein Auftritt.
Es dauert ganz genau zwei volle Minuten.

Und dann wird das Licht wieder heller. Die Schauspieler drücken ihre Zigaretten aus. Und sie stehen wieder auf.
Sie gehen zu ihren Spielplätzen an den Tischen.
Das Telephon klingelt.
Es ist mitten in der Nacht.
Langsam geht Michel Nollet zum Telephon.
Sie rührt sich nicht.

Das OFF *ist eine Frauenstimme, dieselbe wie im ersten Akt, es ist für die Zuschauer unhörbar.*

OFF *Pause.* Bis du's, Michel?

ER *Pause.* Ja... Ich bin's.

OFF Du hättest nicht nach Evreux fahren müssen, Michel, bei Nichterscheinen wäre das Urteil zugestellt worden, das ist mir so schrecklich klar geworden...

ER *langsam, deutlich, endgültig* Ich bin hergekommen, um sie wiederzusehen.
OFF *Weinen.* Ich habe es gewußt.

Stille.

ER Ich habe gelogen.
OFF *Pause.* Was geschieht jetzt?
ER Nichts. *Pause.* Wir sind getrennt.
OFF *Pause.* Wo ist sie?
ER Sie ist hier. Wir sind in der Hotelhalle. *Pause.* Wir sind verzweifelt.

Stille.

OFF Warum? Aber warum hast du mir nichts gesagt?
ER Laß mich.
OFF Ist es das Hotel, in dem ihr gewohnt habt?
ER Ja, dasselbe. Das Hôtel de France. *Pause.* Ja.

Pause.

OFF Du kommst schon noch morgen früh?
ER Wie abgemacht. Elf Uhr zwanzig, Saint-Lazare. Bitte laß mich.
OFF Und sie?
ER Sie auch morgen früh. Sie wird abgeholt. Ich bitte dich inständig, laß mich.
OFF Hast du, was diese Geschichte betrifft, immer gelogen?
ER Immer. Was sie betrifft, habe ich immer gelogen.

OFF Sie hört, was wir sagen.

ER *spricht von ihr, fast arrogant, stolz* Ja, sie hört alles, und dabei schaut sie mit gespieltem Desinteresse zum Fenster raus. Wie immer.

Stille.

Wie in Zeitlupe legt er auf.

Er wendet sich zu ihr. Sie schauen sich an, ohne zu sprechen. Sie schauen sich an, bis sie nicht mehr können. Dann setzt er sich, legt den Kopf in die Hände.

Sehr oft in La Musica Zwei *wird er so den Kopf in den Händen halten oder die Augen geschlossen haben, weil er nicht mehr sehen will.*

Sie geht sehr langsam auf ihn zu, hinter ihn, bleibt dort einen Augenbick und entfernt sich dann ein klein wenig von ihm.

SIE *sanft* Was ist aus dir geworden?

Er hebt den Kopf. Er schaut sie nicht an. Er spricht. Sie wird entdecken, daß er zerstört ist.

ER Man hat mir hier andere Projekte angeboten, auch als ich schon weg war.
Ich habe sie nicht angenommen.
Mir hat vor dieser Stadt gegraut.
Ein Jahr lang habe ich nichts getan.
Und dann habe ich nichts mehr bekommen, darum habe ich wieder angefangen zu arbeiten.
In Paris. In der Banlieue.

Pause.

SIE Du hast doch gesagt, du magst deine Arbeit noch genauso wie früher ...

ER Sagen wir ... das war so dahingesagt ... eigentlich ... nicht. Ich mache sie trotzdem gut ... aber ... es ist aus.

Stille. Er schließt die Augen. Leise sagt er ihren Namen. Den Namen vor ihrer Begegnung.

ER Anne-Marie Roche.

SIE Ja.

Stille.
Sie wird über das sprechen, worüber sie seither nie wieder gesprochen haben.
Schreiben, lieben: beides, sieht sie, wird erlebt in ein und derselben Fremdheit, in ein und derselben Auflehnung gegen ein Wissen, das zur Verzweiflung getrieben ist. Verhaltener Dialog.

SIE *auf leisen Sohlen, genießerisch, gewichtig* Und diesen Plan ... diesen Plan, den Sie hatten, zu schreiben ...

ER *Pause, verhalten* Ich habe nie angefangen.

SIE Ich habe immer gehofft, Sie würden es tun ...

ER *Pause.* Nein. *Pause.* Ich dachte, Sie hätten es vergessen.

SIE Nein ... niemals ... *Pause.* Auch Sie haben es nicht vergessen.

ER Nein.

Stille.

ER Wie lange ist das her?
SIE Daß wir getrennt sind?
ER Ja. Drei Jahre?
SIE Ein bißchen länger, fast vier.

Stille. Sie betrachtet das Hotel.

SIE Unser Zuhause war dieses Hotel: das Zimmer Nummer 3.

Dann verfällt sie in eine Art Wut.

SIE Ich verstehe nicht, wie wir in dieses Haus ziehen konnten.
In diese Hölle.
In diesen Alptraum.
Wie wir jahrelang in einem so tristen Haus bleiben konnten.

Sie wendet sich zu ihm um, beschimpft ihn.

SIE Es war Ihr Beruf, solche Häuser zu bauen ... die Menschen unglücklich zu machen ...
ER Ja.

Blicke. Die Wut schwindet. Stille. Dann spricht sie.

SIE Auch ich habe angefangen, nichts zu tun... und dann mußte auch ich wieder anfangen zu arbeiten.

Er schaut sie an. Auf diesem Blick liegt das Gewicht, es ist das Hinhören auf das »Geplauder«. Er sitzt.

ER Sie haben Ihre frühere Arbeit als Dolmetscherin wieder aufgenommen.

SIE Ja, so war es. Und dann bin ich aus Paris weggegangen.

Stille. Neuer Sturz in den Schmerz. Beiseite im Schmerz.

ER *benennt das Unerträgliche* Sie haben gesagt: Ich werde diesen Sommer wieder heiraten.

SIE *Pause.* Ja. Ganz bestimmt... ich werde diesen Sommer wieder heiraten.

Seine Hand, die mit einem Aschenbecher gespielt hat, fällt reglos auf den Tisch. Aber das sieht man nur beinahe, beinahe. Stille.

SIE *will ablenken, fast mondän* Ich habe Ihnen gesagt... ich bin aus Paris weggegangen, und dann... hat es sich so ergeben, daß... ich in Deutschland gelandet bin.

ER Ah ja...

SIE Ja. In Lübeck. *Pause.* Es ist eine sehr schöne Stadt... an der Ostsee... Aber wir werden nicht dortbleiben... es ist noch zu früh, um darüber zu sprechen.

ER Sie gehen bestimmt noch weiter weg...

SIE Ja bestimmt, nach Amerika... *Sie lächelt.* ... nach Nordamerika. *Pause.* Wissen Sie... das wollte ich Ihnen immer sagen... Es ist nicht, daß ich den Süden nicht mag... ich kann nur nicht dort leben.

ER So sicher... überhaupt nicht?

SIE Überhaupt nicht.

ER Und Sie wissen noch immer nicht, warum?

SIE *tut die Frage ab* Nein.

ER Es ist, als hätten Sie gesagt: Nicht, daß ich das Licht nicht mag, ich kann nur nicht in ihm leben.

Stille. Sie scheint verblüfft von dem, was er eben gesagt hat. Und auch wir sind es: diese allgemeine Feier des Lichtes, diese ewige Gleichung zwischen »Glück«, »Leben« und dem südlichen Klima lehnt sie ab, sie glaubt nicht daran.

ER *sanft* Ich stelle Ihnen Fragen, und Sie geben mir Antwort. Wie vorher.

SIE Das stimmt.

ER *Pause.* Ich glaube, Sie sind die geblieben, die Sie waren... Es ist Ihre Natur, auf Fragen immer zu antworten, ganz gleich, wer sie stellt *fast erregt er sich*, und sei's der erstbeste, den Ihre Angelegenheiten nichts angehen. Sobald man Sie etwas fragt, geben Sie Antwort.

Sie gibt keine Antwort. Stille.
Und dann wird der Dialog langsamer, stärker der Tiefe entrissen – wie jedes Mal, wenn sie sich anschauen, wenn

sie sich wiedersehen. Die Rückkehr zum Du ist eine Rückkehr zur Sehnsucht.

ER Ich dachte, du würdest nicht kommen, ich würde dich nicht wiedersehen.

SIE Ich habe gezögert bis zum letzten Tag vor der Verhandlung, dann bin ich gekommen. Wie Sie gekommen sind.

ER Nein. Ich wäre nie weggegangen. Ich bin nie weggegangen. Ich bin immer noch da. In diesem schrecklichen Haus mit dir.

SIE Ich schon. Ich bin weg. Verjagt. Beschimpft.

Stille. Dann Lachen.

SIE Alle meine Koffer auf der Straße, zum Fenster hinausgeworfen. Aber immerhin hast du mich zum Bahnhof gebracht.

Das Lachen hört auf. Stille. Der Blick, immer noch übermächtig.

ER Ich frage mich, wieso wir uns nicht umgebracht haben.

SIE Die Wut hat uns gerettet.

ER Den ersten Tag ohne dich war ich verrückt vor Glück ... ich war dich los ...

SIE Ja, so war es, ich auch.

Lächeln. Die Blicke verlassen die Körper, die Gesichter, die Blicke allein machen jeweils diese Momente aus.

ER Vielleicht bringen wir uns ja jetzt um.
SIE Vielleicht. *Sanft, banal* Was macht das schon.
ER Nichts.

Stille. Sie schauen sich an. Neue Sequenz. Sie nimmt die Frage wieder auf, die er ihr einen Augenblick zuvor gestellt hat.

SIE Sie heiraten auch wieder...
ER Ja, bestimmt, ja... aber ich bin noch nicht ganz sicher. *Pause. Er schweigt. Und dann schränkt er nachträglich ein* Wissen Sie... ich habe Sie sehr geliebt... wirklich. Ich kann mir noch nicht ganz sicher sein, ob ich... ob ich... *Lächeln.* wieder damit anfangen kann.

Pause.

ER Ich bin hergekommen, um zu sehen, wie Sie sind... ohne mich... wie das möglich wäre, dieser Skandal, daß wir ohne einander sind... in diesem neuen Status.
SIE *Pause.* Dem, nicht mehr zu lieben?
ER Nein. In dem, zu lieben.

Stille.
Sehr starker Moment der Konfrontation. Dann vertraut sie ihm ihren Herzenswunsch an.

SIE Seit ein paar Jahren möchte ich Kinder haben... ich möchte mit einem Mann zusammenleben... eine Familie haben ... ein Haus ... ich habe ein sehr starkes Bedürfnis nach diesen Dingen.

Er antwortet spät.

ER Immer die Zeit, die man nicht verlieren darf.

SIE Ah ... ich sehe, Sie spielen den Klugen, wie vorher, selbst mir gegenüber, so, als wäre es die Mühe wert, als wüßte ich nicht genau ... Ja, ich glaube, daß man die Zeit verliert, aber daß das kein Grund ist, sie zum zweiten Mal zu verlieren.

Stille. Sie steht mit dem Gesicht zum Publikum. Er schaut sie an. Sie spürt diesen Blick, dreht sich um.

SIE Was ist?

ER *Liebe.* Ich schaue Sie an. *Pause.* Sie haben sich nicht verändert.

SIE Fangen Sie wieder an?

ER Ja.

SIE Und ob ich mich verändert habe. *Pause.* Es geht gar nicht anders. *Pause.* Auch Sie haben sich verändert.

ER Der Blick ... *Pause.* Sie haben denselben Blick.

SIE Was für einen Blick denn?

ER *Pause.* Ich weiß nicht.

SIE *versucht zu lächeln* Einen unvergeßlichen bestimmt ...

ER *ernst* Ja. Sehr sanft. Wild. Wild und sehr sanft.

Pause. Er hört auf, sie anzuschauen. Erinnert sich.

ER *langsam, ernst* Es war ein argloser und hilfloser Blick ... ein paradoxer Blick ... die ganze Zeit ein Appell ... im Glück genauso wie in den anderen Momenten.

Pause.

ER In Ihrer stärksten Kraft war dieser Appell. *Pause.* Als wäre Ihre Kraft selbst für Sie ein Unglück. *Pause.* Und als überließen Sie es den andern, Ihnen herauszuhelfen.

Stille. Sie wartet, sucht.

SIE Ich verstehe nicht recht ... ich erkenne mich nicht wieder in dem, was Sie von mir sagen ...

ER *Sein Blick wendet sich ab; er versucht, sich deutlich auszudrücken, er sucht nach Worten.* Hören Sie ... Sie werden sich doch noch erinnern ... Ein Nichts hat sie verletzt ... Sie zerstört ... ein Wort, das man gesagt hatte ... oder ein Wort, das man nicht gesagt hatte ... Erinnern Sie sich?

SIE Ja.

ER Die Verzweiflung war immer da, wo Sie waren, und Sie waren immer bereit, sich hineinzustürzen. Erinnern Sie sich.

SIE Ja.

ER Dann hat man Ihnen erklärt, es sei nicht möglich, so zu sein, es sei zermürbend, Sie müßten sich ändern ... hat gesagt: stärker werden, freier. *Pause.* Und Sie, die Sie immer so gefügig waren, was haben

Sie daraufhin getan? Nun, Sie haben versucht, sich zu ändern. Um den andern einen Gefallen zu tun. *Pause.* Und wir, wir sind fast gestorben dabei.

Sie lacht.

SIE Sie erfinden, Sie haben immer schon erfunden. Das macht Ihnen Spaß. Sie haben sich schon immer meine Geschichte allein zurechtgelegt. Immer.

ER Nein, nicht immer.

Stille.

SIE *Lächeln* Und du... erinnerst du dich...? Schon gleich am ersten Tag im Haus hast du vom Weggehen gesprochen. *Pause.* Und später dann war es sehr bald jeden Tag, weggehen.

Keine Antwort, Lächeln, Einverständnis.

SIE Wirklich... *Lächeln.* Du redest sehr schlecht über mich...

ER Sagt das Valérie?

SIE Ja. *Lächeln.* Was sagst du?

ER Ich sage, du wärst verlogen gewesen. Eine Heuchlerin. *Sie lacht.* Herzlos. Böse. Und außerdem völlig unfähig im Haushalt, in der Küche... In allem.

SIE Hast du alles gesagt?

ER Alles. Um nichts zu vergessen. *Pause.* Und was sagst du über mich?

SIE Ich sage das: so ein Mann ist das: schon am ersten Tag im Haus hat er vom Weggehen geredet.

Stille.
Er könnte aufstehen, sich von ihr entfernen, mit dem Gesicht zum Publikum sprechen. Sie würde sich weiter an den Stuhl lehnen. Sie würde aufstehen. Sie würde ihm hingerissen zuhören.

ER Eines Nachmittags habe ich Sie irgendwo auf der Straße gesehen. *Pause.* Sie waren so schön, daß ich Ihnen nachgegangen bin . . .
Sie sind in ein Hotel gegangen.
Ich bin Ihnen in das Hotel gefolgt.
Sie sind in die Hotelbar gegangen, Sie haben einen Whisky bestellt.
Der Barkeeper hat Ihnen die Hand geküßt.
Sie sind auf einem Hocker gesessen.
Pause. Sie trugen schwarz.
Ja, es war ein Whisky, was er Ihnen gegeben hat. Es ist mir aufgefallen, weil Sie zu Hause keinen getrunken haben. Sie haben gesagt, er schmeckt Ihnen nicht.
Ich saß in einem leeren Café, das in die Bar überging.
Es waren Vorhänge dazwischen.
Ich kann mich noch erinnern, ich habe daran gedacht, daß ich nie Ihre Beine gesehen hatte.
Daß ich Sie nie gesehen hatte.
Der Barkeeper ließ Sie keine Sekunde aus den Augen.
Und Sie haben zusammen sehr laut gelacht. Mehrere Male. Sehr laut.
Ich glaube, es war im zweiten Jahr unserer Ehe. Ich hatte im Büro ein bißchen früher Schluß gemacht als sonst und sah Sie zufällig über die Straße gehen.

SIE Die Bars ... ja ... das mochte ich sehr gern ... sehr. Ich kannte die Barkeeper in einer ganzen Reihe von Städten ... in Houlgate, Cabourg, Honfleur, Orbec ... Sie wissen ja ... Sie waren alle mehr oder weniger in mich verliebt. Und ihnen gegenüber legte ich Wert darauf, so schön zu sein wie bei Ihnen am ersten Tag. Und ich war so schön, wie ich wollte. Ich habe nur an Sie gedacht. Sie füllten alle meine Gedanken aus, ganz gleich, wo ich war. Und nichts passierte mehr zwischen uns ... nur Ihre Arbeit als Architekt.

Stille. Sie lächelt.

ER Gehen Sie immer noch in diese Bars?

SIE Ja.

ER Und sagen es immer noch nicht?

SIE Ja, auch. *Lächeln.* Lieber als alles andere waren mir diese Barkeeper in den leeren Hotels ... Im Sommer hatten sie keine Zeit, um mit mir zu reden. Aber im Winter schon. Nachmittags, wenn kaum Gäste da waren, während der Geschäftszeit, haben wir geredet. Sie kannten viele Frauen, die so waren wie ich, die in Bars gingen. Wir haben darüber gesprochen.

ER Hatten Sie keine Liebhaber?

SIE Nein. Wäre Ihnen das lieber gewesen?

ER Ja.

SIE Aber, wissen Sie, das war nicht möglich, es hieß entweder – oder ... entweder hatte ich mit diesen Männern eine Affäre und ich verlor sie, oder ich behielt sie auf diese Art, um mir die Zeit zu vertreiben.

Pause. Ich gehe immer noch viel in Bars. Ich kenne diese Leute gut. Ein Barkeeper hat nie eine Liebesgeschichte mit einer Kundin. Dazu sind sie hinter der Bar, daß man mit ihnen reden kann, manchmal stundenlang, ohne daß das etwas bedeutet.

ER Ich hatte ein Gefühl wie bei einem Verbrechen ... als sähe ich, wie es passiert. Es war schlimmer, als hätten Sie mich betrogen ... es hieß, mich betrügen, aber schlimmer als im Bett ... Es war Felonie. Sagt Ihnen das etwas? Felonie.

Sie läuft auf ihn zu.

SIE *bestürzt, zärtlich* Aber hören Sie doch, hören Sie, was sich während unserer Liebe in den Bars abspielte, das war ihre äußere Geschichte, das war gar nichts. Es hatte mit Ihnen zu tun und es ging Sie nichts an. Genauso gingen Sie mit Mädchen ins Hotel, und das ging mich nichts an.

ER Ich frage Sie nichts.

SIE Und ich habe Ihnen nichts mitzuteilen.

Wenn ich so in Hotelbars ging, dann nicht, um Ihnen zu mißfallen, es war eine Sache, die ich mir ganz allein ausgedacht hatte, die mir gefiel, verstehen Sie, die mir so gut gefiel, daß es mir manchmal so vorkam, als hätte ich diese Orte in einem anderen Leben schon einmal besucht, Höhlen am Strand, leere Cafés im Cinéma du Nord.

Er nimmt nichts zurück. Und dann hört er zu. Und dann ist er mit ihr in dem, was sie sagt.

SIE Zu dem Zeitpunkt unserer Geschichte, ob Sie da etwas sagten oder nichts, da war meistens kein Unterschied. Sie haben ständig von einer Frau gesprochen, von der Sie loskommen wollten, das wissen Sie doch wohl ... man konnte im Stehen einschlafen bei dem, was Sie erzählten ... Und während Sie so daherredeten, habe ich an Sie gedacht, nicht an das, was Sie gerade sagten, an Sie.
Das, was Sie gerade sagten, war gar nicht da. Es war immer die alte Leier, als würde Ihr Leben auf der Stelle treten. Und ich, indem ich Sie so ignorierte, ich liebte Sie weiter wie am ersten Tag.

Stille.

ER Es ist nicht ganz die Wahrheit, was du sagst.
SIE Nicht ganz. *Pause.* Nie.
ER Ja.

Sie nähert sich ihm ein wenig.

SIE In der Gegenwart haben Sie mich nicht mehr interessiert. Wir hatten keine Gegenwart mehr, du und ich. Für dich waren unsere Gegenwart die jungen Ausländerinnen. Für mich waren es die Bars ... dort konnte ich über dich reden. *Pause.* Ich erinnere mich an dieses Kinolicht – gelb – und alles andere im Schatten. Aber du kennst ja diese Bars.
ER Was würden wir machen ohne sie?
SIE Das stimmt.

Stille.

ER Am Ende hatte ich jeden Tag Lust, dich umzubringen.

SIE Du hattest recht. *Pause.*
Als ich in Paris war, hast du eine Waffe gekauft, Dummkopf.

ER Ich dachte, wenn du tot wärst, würde es mir nicht mehr wehtun.

Stille.

ER Ich habe gut gezielt.
Ich habe dich getötet. *Pause.* Du bist umgefallen, der Schuß hat dich niedergestreckt. Ich erinnere mich, wie still es plötzlich war. *Pause.* Es hat nicht mehr wehgetan.

SIE Und du, was hast du mit dir gemacht?

ER Das habe ich nie erfahren.

Stille. Die Geschichte des Liebespaars von Evreux wird zu einer Zeitungsmeldung, einer Fiktion.

SIE *sagt zum Publikum* Wir hatten die Haushälterin weggeschickt. Wir haben uns über uns geschämt, wir hatten Angst, sie erzählt es herum. Alles war verdreckt, es war nichts zu essen im Haus. Wir haben uns nur noch angebrüllt.

ER *sagt zum Publikum* Eines Abends haben die Nachbarn die Polizei geholt. Sie wollten uns aufs Revier bringen, um Sie vor mir zu schützen.

Verlangsamung. Pause.

SIE *sagt zum Publikum* Danach haben wir die Nachbarn nicht mehr geholt. Wir haben sie nicht mehr geholt.

ER Danach haben wir niemanden mehr geholt. *Pause.*
Danach sind wir gestorben. *Pause.*
Man hat uns tot aufgefunden. *Pause.*
Zusammen. *Pause.*
Am Boden.

SIE Ja.

Stille. Und dann schreit er plötzlich leise. Das Gesicht in den Händen. Unter den Händen sind die Augen geschlossen, das Gesicht bleibt zerstört.

ER Ich will eine Geschichte mit dir.
Das will ich.
Mit dir leben.
Eine Geschichte mit dir. Mit dir wegfahren.
Mit dir in einem Haus eingesperrt.
Das will ich.
Ja. Das will ich.

Sie entfernt sich von ihm, sie kann nicht in seiner Nähe bleiben, während er in diesem Zustand ist. Und sie redet, um zu reden, ohne Stimme, über jene eingelagerten Möbel, jene verlogene Vorgabe.

SIE Also ... diese Sachen ... im Möbellager ... eigentlich kann ich sie nicht gebrauchen ... *Pause.* Nehmen Sie sie doch ... für Ihre Kinder einmal?

Er schaut sie nicht an. Hört nicht. Das Gesicht in den Händen. Sie schreit, sie weint.

SIE Sie wissen doch, was es war, nicht wahr? Es waren ... sehr schwere Kisten ... es waren Ihre Bücherkisten ...

Sie schreit, um ihn aus dem Zustand zu lösen. Keine Antwort.

SIE *geschrien* Haben Sie vergessen, daß Sie Ihre Bücher dort gelassen hatten? Sie hatten sie kommen lassen, und dann wollten Sie nichts mehr davon wissen ... Sie sagten, sie ekeln Sie an ...

Pause. Sie ist ratlos angesichts seines Schweigens.

SIE Da war auch ein Klavier ... von mir ... in schlechtem Zustand ... auch Gartenmöbel ... Geschirr ... Küchenzeug ...

Stille. Er hebt den Kopf. Er schaut sie an.

SIE Also lassen wir alles, wo es ist?

Er gibt keine Antwort. Er schaut sie an.

SIE Aber es ist schon schade, nicht wahr?

Er gibt keine Antwort.
Sie schauen sich länger an, als es möglich ist. Dann spricht er.

ER Komm.

Sie eilt, sie kommt. Sie läßt sich neben ihn auf einen Stuhl fallen. Kommt nicht näher. Atempause. Sie ist zugleich außer sich und sehr ruhig. Sie schweigen. Dann spricht sie. Sie formt jeden einzelnen Moment, den der Wörter, den der Pausen.

SIE Ich habe unsere Geschichte vergessen.

Stille.

SIE Den Schmerz habe ich vergessen.

Stille.

SIE Ich weiß gar nicht mehr warum.

Stille.

SIE So zu leiden ... so sehr ... und nachher nicht einmal mehr wissen warum ... die Gründe ... *Pause.* Wir werden jetzt weniger lieben. Die anderen Leute. Weniger.

ER Ja. *Sie schauen sich nicht an. Sehr, sehr sanft* Wir sind jetzt weniger stark, wir haben an Kraft verloren. Wir sind dem Ende unseres Lebens nähergerückt.

SIE Ja.

Stille.

ER Ich glaube, an die Liebe erinnert man sich nicht.

Stille.

SIE Vielleicht erinnert man sich nicht mehr an den Schmerz, wenn er nicht mehr wehtut.

Stille.

ER Die Sehnsucht ist entweder völlig vergessen oder ganz genau in Erinnerung... keine Schatten.

Stille. Die Antwort kommt nicht gleich.

SIE Ich glaube, was du über die Sehnsucht sagst.
ER Was?
SIE Daß es eine nackte Erinnerung ist. Ein solches Vergessen. Ohne Übergang von dem einen zum andern.

Stille. Er macht eine Bewegung. Er steht auf.

ER Warum bist du gekommen?
SIE Um dich wiederzusehen, so wie du gekommen bist, um mich wiederzusehen. Und auch, weil ich es wissen wollte. *Pause.* Jetzt weiß ich, daß ich dich immer lieben werde, wie ich weiß, daß du mich immer lieben wirst. *Pause.* Und das weiß ich für uns beide.
ER Ich weiß es nicht...
SIE *sanft* Nein. *Pause.* Du versuchst, es festzustellen. Aber du weißt es nicht.

Wieder schreit er tonlos.

ER Ich will nicht ohne dich leben.
Kinder will ich mit dir.
Jeden Tag ... alles.
Von dir.
Pause. Wir bleiben hier.
Wir fahren nicht nach Paris zurück.
Pause. Bruchstücke eines Volkslieds:
SIE Du sagst das, was ich sagte.
ER Wir würden uns lieben für immer.
SIE Ja. Fürs ganze Leben.

Pause.

ER Erklär mir ... diese Dramen, diese Ehen, diese Scheidungen ... wäre das vielleicht umsonst ... wozu sollte es gut sein? Um sich die restliche Zeit zu vertreiben?

SIE Vielleicht, um sie sich zu verkürzen. Um sich etwas zu verkürzen ... ich weiß selbst nicht genau, was ... ich weiß nicht ... *Pause.*
Das hat, glaube ich, mit den Gefühlen zu tun ... das ist etwas anderes ... es ist ein anderes Gebiet ... Das hat vielleicht mit dem Geistigen zu tun? Ich weiß nicht.

Sie schauen sich an, ohne Maß. Und plötzlich mustert sie ihn genau, sie betrachtet seinen Körper, sein Gesicht. Sie kommt immer näher, und als sie ihn fast berührt, hält sie inne. Und er nimmt sie in einem unsinnigen Impuls in die Arme und läßt sie los. Stille.

SIE Warum hast du mich auf dem Bahnsteig nicht umgebracht?

ER Ich weiß nicht mehr.
Ich habe es vergessen.
Vielleicht habe ich es vergessen.
Ich habe Sie gesehen und ich habe es vergessen.
Ich hatte niemals etwas getötet, ich konnte nicht töten, das war auch dabei. Und weil es sich als schwierig herausstellte...
Und mit einer Waffe bei mir und bereit, Sie zu töten, habe ich geglaubt, als ich Sie gesehen habe, ich liebe Sie nicht mehr. Es lohne sich also nicht, Sie zu töten... wo ich Sie doch nicht mehr liebte...

SIE Ich habe dich auf dem Bahnsteig gesehen. Und als ich ausgestiegen bin, bist du weggelaufen. Am nächsten Tag bist du nach Hause gekommen. *Pause.* Wir haben nicht miteinander gesprochen. *Pause.*
Manchmal ekle ich mich sehr vor Ihnen und vor mir.

ER Jetzt im Augenblick...

SIE Ja. *Pause.*
Gleich müssen wir uns trennen.

Stille. Er geht in den Hintergrund der Halle. Bleibt dort. Hinter den Fenstern wird es Tag.

SIE Es nützt nichts, daß wir so geredet haben...es macht nur traurig, im nachhinein.

Pause.

ER Traurigkeit ist nicht so schlecht.

Stille. Während es still ist, zündet er eine Zigarette an. Die Zigarette zum Ende des Stücks. Draußen wird es immer heller. Die Lichter gehen aus.

ER Sprich mit mir.

Sie spricht. Damit die Zeit vorübergeht.

SIE Bevor ich dich kennengelernt habe, wußte ich nichts von der Leidenschaft, die man plötzlich für einen neuen Mann haben kann... ihn gegen den eigenen Körper zu spüren.

Sie sucht nach dem richtigen Ausdruck. Sie sitzt mit dem Gesicht zum Publikum. Ruhig und außer sich.

SIE *Eine Pause.* Ich glaubte, in jedem x-beliebigen steckte etwas von unserer verlorenen Liebe, die ich so wiederfinden könnte, durch jeden x-beliebigen, ganz einfach durch die Wärme der Haut beim ersten Mal.

Stille. Er ist ganz nah zu ihr hingekommen.

ER Weiter. Sprich weiter mit mir.

Stille.

SIE Ich bin nach Paris gefahren, damit du nachkommst.

Pause. Ich wollte dich von Paris aus anrufen, ich wollte dich bitten, eine Nacht zu mir zu kommen, ein letztes Mal.

Stille. Die Zeit wird skandiert wie durch einen Gong.

SIE Damals dachte ich schon oft, ich würde sterben an unserer Geschichte. *Pause.*
Ich saß da, in dieser Hotelhalle, und überlegte, wie ich dich darum bitten könnte ... wie ich wieder mit dir sprechen könnte. Er ist hereingekommen. Ich weiß nicht mehr, ob er sich vorher an die Bar gesetzt hat, ich glaube nicht. Er ist gleich gekommen, er hat sehr schnell mit mir gesprochen. Er hat sich an meinen Tisch gesetzt.
Es war sehr schnell zu spät.

Pause. Stille. Gong.

SIE Er hat mich gefragt, ob ich auf jemanden warte.
Ich habe gesagt ja.
Ich würde auf meinen Liebhaber warten.
Er hat mir gesagt, ja, das sähe man. *Pause.*
Wir sind weggegangen.
Es war Nachmittag, wie immer in solchen Fällen, und es war schön.
Ich habe Sie vergessen.

Stille. Pause. Gong.

ER Sie hatten dieses graue Kleid an ... als anständige Frau ... um nicht auf uns hereinzufallen ... *Pause.*

SIE Es war eine Art Mann, der solche schiefen Situationen mochte, dem die Frauen der anderen lieber waren als die Frauen, die frei waren. Das war gut für mich.

Pause.

SIE Es hat zwei Tage gedauert. Nachts, den Tag über ... eine Art Wahnsinn, eine Art Grauen ... wie ein Verbrechen ... *Pause.* Sie sind aus meinem Leben verschwunden.

Es wird draußen immer heller. Stille.

SIE Und eines Morgens habe ich überhaupt nicht begriffen, warum ich in diesem Zimmer war.

Stille.

SIE Ich habe angefangen, Sie anzurufen. Sie waren nicht da.
Ich habe den ganzen Nachmittag angerufen.
Im Büro hat man mir gesagt, Sie seien seit drei Tagen nicht mehr dagewesen.
Ich habe Ihnen ein Telegramm geschickt.
Ich bin mit dem Abendzug zurückgefahren.
Wo waren Sie?

Pause. Er entfernt sich von ihr.

ER Ich hatte mich im Haus eingeschlossen. Ich war nicht weg, das Telegramm habe ich ja bekommen.

Sehr lange Stille. Er geht nach hinten, bleibt stehen, geht wieder in Richtung Zuschauerraum, bleibt stehen, geht wieder nach hinten, bleibt stehen mit dem Rücken zum Zuschauerraum. Dann kommt er zum Tisch zurück, schaut auf den Boden und spricht sehr langsam.

ER Einmal habe ich dich gesehen.
Es war im Haus.
In deinem Zimmer.
Nachts.
Du warst nackt.
Geschminkt und nackt.
Du hast dich in einem Spiegel angeschaut. Sehr nahe.
Du hast geweint.

Pause.

ER Ich habe nicht gleich begriffen, daß du von mir gesprochen hast. Zunächst habe ich geglaubt, du hättest getrunken. Und dann, du wärst verrückt geworden.
Und dann hast du plötzlich meinen Namen gesagt.
Du hast leise gesprochen, es war schwierig, alles zu hören, was du gesagt hast.
Ich habe aufmerksam zugehört und versucht, die Angst zu verjagen, und es ging.

Pause.

ER Da habe ich verstanden, daß das, was du sagtest, zusammenhängend war und schrecklich.
Ohne Anfang und Ende.

Stille. Zeit, die Verknüpfung des eben Gesagten zu vergessen.

SIE Ich habe ihm gesagt, eines Tages könnte er mich wieder zum ersten Mal anfassen.
Ich habe gesagt:
Mich nehmen.
Mich mitreißen.
Und die Zeit, die wir noch zu leben hätten, müßten wir versuchen, dem Tod standzuhalten.

Sehr langes Schweigen. Dreißig Sekunden Stillstand.

ER Du mußt gehen.

Stille.
Man könnte meinen, sie wird nicht aufstehen.
Doch sie tut es, sie steht auf.

ER Vergiß nichts. *Pause.* Deine Tasche.

Sie nimmt ihre Tasche. Sie wartet noch.

ER *sehr sanft* Geh.

Sie geht. Die Musik kommt bei ihren ersten Schritten.
Sie haben sich nicht angeschaut.
Er bleibt allein auf der Bühne, starr.
Sie geht durch den Eingang.
Sie verläßt den Raum durch die Drehtür.
Sobald sie gegangen ist, Dunkel.

Texte für die Presse

I

Es sind Leute, die sich geliebt haben und die sich getrennt haben. Sie sind noch jung. Sie sind erst dreißig, fünfunddreißig. Bestimmt haben sie viel gelesen. Auch studiert. Sie sind gut erzogen, sie sind es geblieben, sie bewahren jene Eleganz, die sich nie verleugnen läßt. Sie haben auch guten Willen gezeigt, sie haben es so gemacht wie alle, sie haben geheiratet, sie haben sich häuslich niedergelassen, und dann wurden sie einander entrissen von den bösen Kräften der Leidenschaften. Sie wissen noch nicht, daß man sie »drangekriegt« hat.

Sie sind in Evreux zum letzten Akt ihrer Trennung, zum Scheidungsurteil. Sie wissen immer noch nicht, was ihnen passiert ist. Beide sind gekommen, um sich ein letztes Mal wiederzusehen, doch beinahe ohne es zu wollen.

Sie könnte freier wirken als er, vergeßlicher gegenüber den Einzelheiten des Schmerzes, der Hölle, des Unrechts, das sie einander angetan haben. Gleichzeitig ist sie weniger vergeßlich gegenüber dem Wesentlichen: in ihr beginnt sich eine Art Logik zu äußern, die Logik der Katastrophe der Liebenden. Er ist im Leiden noch jung, er zappelt, er will sie ihrem Leben entreißen, er glaubt offensichtlich noch ein wenig an das Glück. Bei ihr – mißtrauisch, die Kleine – ist das nicht so, nie uneingeschränkt. Er ist dem Leiden stärker ausgesetzt als sie. Sie weiß es, sie weiß auch, daß er nach diesem Leiden ruft, daß er ohne es grausam, ungerecht sein könnte. Sie beide in jenem Hôtel de France in einer Sommernacht, ohne einen Kuß, würde ich reden lassen Stunde um Stunde. Wegen nichts anderem, als um zu reden. Im ersten Teil der Nacht ist ihr Ton der der Komödie, des Streits. Im zweiten Teil der Nacht ganz und gar nicht, sie sind zurückgekehrt in jenen Integralzustand verzweifelter Liebe.

II

Es sind Leute, die in Scheidung leben, die zu Anfang ihrer Ehe in Evreux gewohnt haben, die wieder dort sind, als ihre Scheidung ausgesprochen wird.

Als dieses Stück vor zwanzig Jahren für das englische Fernsehen geschrieben wurde, hörte damit die Geschichte auf. Jetzt geht sie über in einen zweiten Akt, der ebenfalls *La Musica Zwei* heißen könnte. Damit diese beiden Akte in Zukunft nicht mehr zu trennen sind, habe ich mich dafür entschieden, beiden gemeinsam den voll ausgeschriebenen Titel *La Musica Zwei* zu geben.

La Musica dauerte fünfzig Minuten.

La Musica Zwei dauert eine Stunde vierzig Minuten.

Es sind dieselben Leute, und die Handlung spielt ebenfalls in Evreux und auch in diesem Hotel, dem Hôtel de France. Ebenso auch nach der Verhandlung.

Aber diesmal gehen sie nicht mitten in der Nacht auseinander, auch in der zweiten Hälfte dieser Nacht, in der, die dem Tag zugewandt ist, sprechen sie. Sie sind viel weniger selbstsicher, je weiter ihre letzte Nacht vorübergeht. Sie werden sich widersprechen, sie werden sich wiederholen. Aber mit dem Tag kommt unausweichlich auch das Ende ihrer Geschichte. Vor diesem Tagesanbruch liegen die letzten Augenblicke ihrer letzten Stunden. Ist das immer schrecklich? Immer.

Genau zwanzig Jahre trennen *La Musica* von *La Musica Zwei*, und fast genauso lange habe ich mir diesen zweiten Akt gewünscht. Zwanzig Jahre lang höre ich die gebrochenen Stimmen dieses zweiten Aktes, erschöpft von der Müdigkeit der schlaflosen Nacht. Und zwanzig Jahre lang bewegen sie sich, verschreckt, in dieser Jugend der ersten Liebe. Manchmal schreibt man am Ende doch etwas.

Marguerite Duras
im Suhrkamp Verlag

Abahn Sabana David. Aus dem Französischen von Maria Dessauer. Leinen

Blaue Augen, schwarzes Haar. Aus dem Französischen von Maria Dessauer. Leinen

Dialoge. Aus dem Französischen von Walter Boehlich, Walter M. Guggenheimer, Werner Spies und Gerda von Uslar. Leinen

Eden Cinéma. Aus dem Französischen von Ruth Henry. es 1443

Ganze Tage in den Bäumen. Erzählung. Deutsch von Elisabeth Schneider. BS 669 und st 1157

Heiße Küste. Roman. Aus dem Französischen von Georg Goyert. Leinen

Hiroshima mon amour. Filmnovelle. Aus dem Französischen von Walter M. Guggenheimer. st 112

Im Park. Roman. Aus dem Französischen von Andrea Spingler. Leinen

La Musica Deuxième. Theaterstück. Aus dem Französischen von Walter Boehlich. es 1408

Der Lastwagen. Mit einem Gespräch zwischen Marguerite Duras und Michelle Porte. Aus dem Französischen von Jürg Laederach. st 1349

Liebe. Aus dem Französischen von Barbara Henninges. BS 935

Der Liebhaber. Aus dem Französischen von Ilma Rakusa. Leinen und BS 967

Moderato cantabile. Roman. Aus dem Französischen von Leonharda Gescher und Walter M. Guggenheimer. st 1178

Der Nachmittag des Herrn Andesmas. Aus dem Französischen von Walter Boehlich. BS 109

Die Pferdchen von Tarquinia. Roman. Aus dem Französischen von Walter M. Guggenheimer. Gebunden und st 1269

Ein ruhiges Leben. Roman. Aus dem Französischen von Walter M. Guggenheimer. st 1210

Sommer 1980. Aus dem Französischen von Ilma Rakusa. es 1205

Vera Baxter oder Die Atlantikstrände. Aus dem Französischen von Andrea Spingler. es 1389

Die Verzückung der Lol V. Stein. Aus dem Französischen von Katharina Zimmer. st 1079

Der Vize-Konsul. Roman. Aus dem Französischen von Walter M. Guggenheimer. st 1017

Marguerite Duras/Michelle Porte: Die Orte der Marguerite Duras. Aus dem Französischen von Justus F. Wittkop. es 1080

20/1/2.88

Französische Literatur
in der edition suhrkamp und
in den suhrkamp taschenbüchern

Etel Adnan: Sitt Marie-Rose. Eine libanesische Geschichte. Aus dem Französischen von Eva Moldenhauer. st 1551

Alain: Die Pflicht, glücklich zu sein. Aus dem Französischen übertragen und mit einem Nachwort versehen von Albrecht Fabri. st 859

Yann Andréa: M. D. Aus dem Französischen von Renate Hörisch-Helligrath. es 1364

Samuel Beckett: Der Ausgestoßene. L'Expulsé. The Expelled. Deutsche Übertragung von Elmar Tophoven. Mit Illustrationen von Roswitha Quadflieg. st 1006

– Endspiel. Fin de partie. Endgame. Deutsche Übertragung von Elmar Tophoven. Französische Originalfassung. Englische Übertragung von Samuel Beckett. st 171

– Fin de partie. Endspiel. Französisch und deutsch. Deutsch von Elmar Tophoven. es 96

– Flötentöne. Französisch/Deutsch. Aus dem Französischen von Elmar Tophoven und Karl Krolow. es 1098

– Glückliche Tage. Happy Days. Oh les beaux jours. Deutsche Übertragung von Erika und Elmar Tophoven. Englische Originalfassung. Französische Übertragung von Samuel Beckett. st 248

– Das letzte Band. La dernière bande. Krapp's Last Tape. Deutsche Übertragung von Erika und Elmar Tophoven. Englische Originalfassung. Französische Übertragung von Samuel Beckett. Mit Szenenphotos. st 200

– Mal vu mal dit. Schlecht gesehen schlecht gesagt. Französisch/Deutsch. Aus dem Französischen von Elmar Tophoven. es 1119

– Malone stirbt. Roman. Aus dem Französischen von Elmar Tophoven. st 407

– Mercier und Camier. Aus dem Französischen von Elmar Tophoven. st 943

– Molloy. Roman. Deutsch von Erich Franzen. st 229

– Der Namenlose. Roman. Übertragen von Elmar Tophoven, Erika Tophoven und Erich Franzen. st 536

– Warten auf Godot. En attendant Godot. Waiting for Godot. Deutsche Übertragung von Elmar Tophoven. Vorwort von Joachim Kaiser. st 1

– Wie es ist. Deutsch von Elmar Tophoven. st 1262

Samuel Beckett. Herausgegeben von Hartmut Engelhardt. stm. st 2044

109/1/8.88

Französische Literatur
in der edition suhrkamp und
in den suhrkamp taschenbüchern

Pierre Bertaux: Mutation der Menschheit. Zukunft und Lebenssinn. Mit einem Nachwort zur Taschenbuchausgabe 1979. Aus dem Französischen übertragen vom Verfasser und von Heinz Wissmann. st 555

Edward de Capoulet-Junac: Pallas oder die Heimsuchung. Aus dem Französischen von Willy Thaler. PhB 149. st 1138

E. M. Cioran: Syllogismen der Bitterkeit. (1952). Aus dem Französischen von Kurt Leonhard. st 607

– Die verfehlte Schöpfung. Übersetzt von François Bondy. Das Kapitel »Die neuen Götter« wurde von Elmar Tophoven übersetzt. st 550

– Vom Nachteil, geboren zu sein. Übersetzt von François Bondy. st 549

Marguerite Duras: Eden Cinéma. Aus dem Französischen von Ruth Henry. es 1443

– Ganze Tage in den Bäumen. Erzählung. Deutsch von Elisabeth Schneider. st 1157

– Heiße Küste. Roman. Aus dem Französischen von Georg Goyert. st 1581

– Hiroshima mon amour. Filmnovelle. Deutsch von Walter Maria Guggenheimer. st 112

– La Musica Deuxième. Theaterstück. Aus dem Französischen von Walter Boehlich. es 1408

– Der Lastwagen. Mit einem Gespräch zwischen Marguerite Duras und Michelle Porte. Aus dem Französischen von Jürg Laederach. st 1349

– Die Materie des Lebens. Aus dem Französischen von Ilma Rakusa. es 1508

– Moderato cantabile. Roman. Aus dem Französischen von Leonharda Gescher und W. M. Guggenheimer. st 1178

– Das Pferdchen von Tarquinia. Roman. In der Übersetzung von Walter M. Guggenheimer. st 1269

– Ein ruhiges Leben. Roman. Deutsch von W. M. Guggenheimer. st 1210

– Sommer 1980. Aus dem Französischen von Ilma Rakusa. es 1205

– Vera Baxter oder Die Atlantikstrände. Aus dem Französischen von Andrea Spingler. es 1389

– Die Verzückung der Lol V. Stein. Deutsch von Katharina Zimmer. st 1079

– Der Vize-Konsul. Roman. Deutsch von W. M. Guggenheimer. st 1017

109/2/8.88

Frauenforschung und Feminismus im Suhrkamp Taschenbuch Verlag

Ansprüche. Verständigungstexte von Frauen. Herausgegeben von Eva-Maria Alves. st 887

Die armen Frauen. Frauen und Sozialpolitik. Herausgegeben von Ilona Kickbusch und Barbara Riedmüller. es 1156

Aus der Zeit der Verzweiflung. Zur Genese und Aktualität des Hexenbildes. Beiträge von Gabriele Becker, Silvia Bovenschen, Helmut Brackert, Sigrid Brauner, Ines Brenner, Gisela Morgenthal, Klaus Schneller, Angelika Tümmler. es 840

Johann Jakob Bachofen: Das Mutterrecht. Eine Untersuchung über die Gynaikokratie der alten Welt nach ihrer religiösen und rechtlichen Natur. Eine Auswahl, herausgegeben von Hans-Jürgen Heinrichs. stw 135

Silvia Bovenschen: Die imaginierte Weiblichkeit. Exemplarische Untersuchungen zu kulturgeschichtlichen und literarischen Präsentationsformen des Weiblichen. es 921

Denkverhältnisse. Feminismus und Kritik. Herausgegeben von Elisabeth List und Herlinde Studer. es 1407

Familie und Gesellschaftsstruktur. Materialien zu den sozioökonomischen Bedingungen von Familienformen. Herausgegeben und eingeleitet von Heidi Rosenbaum. stw 244

Feminismus. Inspektion der Herrenkultur. Ein Handbuch. Herausgegeben von Luise F. Pusch. es 1192

Frauen in der Kunst. 2 Bände. Herausgegeben von Gislind Nabakowski, Helge Sander und Peter Gorsen. es 952

Frauen, die pfeifen. Verständigungstexte. Herausgegeben von Ruth Geiger, Hilke Holinka, Claudia Rosenkranz, Sigrid Weigel. es 968

Frauensituation. Veränderungen in den letzten zwanzig Jahren. Herausgegeben von Uta Gerhardt und Yvonne Schütze. stw 726

Ute Frevert: Frauen-Geschichte. Zwischen bürgerlicher Verbesserung und Neuer Weiblichkeit. NHB. es 1284

Ute Gerhard: Verhältnisse und Verhinderungen. Frauenarbeit, Familie und Rechte der Frauen im 19. Jahrhundert. Mit Dokumenten. es 933

Erving Goffman: Geschlecht und Werbung. Aus dem Amerikanischen von Thomas Lindquist. es 1085

Susan Griffin: Frau und Natur. Das Brüllen in ihr. Aus dem Amerikanischen von Renate Stendhal. es 1405

Gunnar Heinsohn/Rolf Knieper/Otto Steiger: Menschenproduktion. Allgemeine Bevölkerungstheorie der Neuzeit. es 914

Die Hexen der Neuzeit. Studien zur Sozialgeschichte eines kulturellen Deutungsmusters. Herausgegeben von Claudia Honegger. es 743

104/1/5.88

104/2/5.88

Frauenforschung und Feminismus im Suhrkamp Taschenbuch Verlag

Christoph Sachße: Mütterlichkeit als Beruf. Sozialarbeit, Sozialreform und Frauenbewegung 1871-1929. es 1351

Werner Schiffauer: Die Gewalt der Ehre. Erklärungen zu einem deutsch-türkischen Sexualkonflikt. st 894

Friedrich Schlegel: Theorie der Weiblichkeit. Herausgegeben und mit einem Nachwort versehen von Winfried Menninghaus. it 679

Schwestern berühmter Männer. Zwölf biographische Porträts. Herausgegeben von Luise F. Pusch. Redaktionelle Mitarbeit: Jutta Wasels. it 796

Georg Simmel: Schriften zur Philosophie und Soziologie der Geschlechter. Herausgegeben und eingeleitet von Heinz-Jürgen Dahme und Klaus Christian Köhnke. es 1333

Bram van Stolk/Cas Wouters: Frauen im Zwiespalt. Zwischen Frauenhaus und Zuhause: Beziehungsprobleme im Wohlfahrtsstaat. Übersetzt von Michael Schröter. Mit einem Vorwort von Norbert Elias. stw 685

Töchter berühmter Männer. Neun biographische Portraits. Herausgegeben von Luise E. Pusch. it 979

Nike Wagner: Geist und Geschlecht. Karl Kraus und die Erotik der Wiener Moderne. es 1446

Ingeborg Weber-Kellermann: Die deutsche Familie. Versuch einer Sozialgeschichte. st 185

Weiblichkeit in geschichtlicher Perspektive. Fallstudien und Reflexionen zu Grundproblemen der historischen Frauenforschung. Herausgegeben von Ursula A. J. Becher und Jörn Rüsen. stw 725

Uwe Wesel: Der Mythos vom Matriarchat. Über Bachofens Mutterrecht und die Stellung von Frauen in frühen Gesellschaften vor der Entstehung staatlicher Herrschaft. stw 333

104/3/5.88